LE
Réveil de la Grèce,

POEME LYRIQUE EN TROIS PARTIES,

dédié à Monsieur

CASIMIR DELAVIGNE,

*Par A. F. D***.*

PRIX : 1 FR. 80 C.

A PARIS,

A LA LIBRAIRIE ANCIENNE ET MODERNE,

GALERIE DE NEMOURS, N. 13;

ET CHEZ UDRON, LIBRAIRE,

QUAI MALAQUAIS, N. 13.

1825.

LE
RÉVEIL DE LA GRÈCE.

IMPRIMERIE DE LACHEVARDIÈRE FILS, SUCCESSEUR DE CELLOT.

LE
Réveil de la Grèce,

POÈME LYRIQUE EN TROIS PARTIES,

dédié à Monsieur

CASIMIR DELAVIGNE,

*Par A. F. D***.*

PRIX : 1 FR. 80 C.

A PARIS,

A LA LIBRAIRIE ANCIENNE ET MODERNE,
GALERIE DE NEMOURS, N. 13;

ET CHEZ UDRON, LIBRAIRE,
QUAI MALAQUAIS, N. 13.

1825.

« Muse des grands revers et des nobles douleurs [1], »

    O toi dont la lyre fidèle

    Chanta la Grèce et ses malheurs,

Tu m'inspiras ces vers que j'essayai pour elle,

    Et de ta couronne immortelle

    J'osai détacher quelques fleurs.

    Sur les ailes de ton génie

    M'élançant au-delà des mers,

J'égarais ma pensée aux champs de Messénie...

Pardonne à mon erreur, hélas! trop tôt finie!

Je me croyais poëte, en répétant tes vers.

---

[1] Vers des *Nouvelles Messéniennes*.

PREMIÈRE PARTIE.

PREMIÈRE PARTIE.

Le jeune Souliote et la Liberté.

« Je pars.—Quoi, pour toujours?—On m'attend.—Dans quel lieu?
« —En Grèce.—On y suivra tes traces fugitives.
« —J'aurai des défenseurs.—Là comme sur mes rives,
« On peut céder au nombre.—Oui, mais on meurt, adieu. »
PARTHÉNOPE ET L'ÉTRANGÈRE. *Nouvelles Messéniennes.*

Quelle est cette jeune immortelle
Qui, traversant les cieux, comme un rayon du jour,
Sur nos bords désolés tourne un regard d'amour?
L'air frais et parfumé s'épure devant elle;
Le soleil amortit ses feux;
Et du matin la brise caressante
De sa robe simple et flottante
Soulève les plis gracieux.

Dans ses yeux inquiets je vois briller des larmes...
Pourquoi, dans sa douleur, sourit-elle à mes armes?
    Elle vient... Que veux-tu de moi,
Pouvoir mystérieux, qui, ravissant mon âme,
Dans mon être agrandi descends en traits de flamme?
    Liberté chérie... est-ce toi?

C'est elle; ô mon pays, reconnais-la, c'est elle!
        Liberté! liberté!
La Grèce en son malheur te retrouve fidèle;
        Liberté! liberté!
      Ton nom mille fois répété
      Semble plus doux à mon oreille
      Que les hymnes de la beauté
      A la nature qui s'éveille.

Hélas! assez long-temps pour ton peuple orphelin
      Te nommer même fut un crime!
De tes fils délaissés tu te souviens enfin;
      Et tu veux briser de ta main
      La main de fer qui les opprime.

A tes mâles accents nos cités vont s'ouvrir.
      Nous te rendrons une patrie;

Et l'hospitalité que nous osons t'offrir
Par un lâche abandon ne sera point flétrie.
Tu l'as dit : nous saurons mourir.

Viens au fond de nos murs, à l'abri de l'orage,
Cacher tes saintes lois,
Restes chers et sacrés de ton dernier naufrage
Et du courroux des rois.

Quoi donc ! l'Europe entière à leur voix fût armée
Pour leur offrir ces jeux sanglants
Où se plaisent les conquérants ;
De la guerre à leur voix l'étincelle allumée
Embrasa vingt peuples divers,
Tout prêts à s'égorger pour se donner des fers !...
Ils n'ont pas un soldat pour la Grèce opprimée !

O des puissants du monde auguste humanité !
Nous verrons, disaient-ils, ce peuple révolté,
Abaissant sa fierté sous le croissant qu'il brave,
Pour acheter la paix redevenir esclave...
Non ! non ! guerre aux tyrans ! périssent les tyrans !
Dans leurs sérails en feu qu'ils tombent expirants !
A leur dernier soldat nous survivrons encore,

Et, quand ses yeux mourants chercheront la clarté,
Qu'ils se ferment soudain, éblouis par l'aurore
     De notre liberté !

Viens donc, fille des cieux, t'unir à la victoire,
     Elle t'attend sous nos drapeaux ;
Sous leur abri flottant viens goûter le repos,
Mais un repos terrible, et que donne la gloire.
     Viens, nous allons te conquérir,
Et nous n'espérons pas des triomphes faciles ;
     Ramène-nous aux Thermopyles.
     Tu l'as dit : nous saurons mourir.

Partons ; je guiderai ta marche triomphante...
Que vois-je ! tu gémis, tu pleures, et tes yeux
Semblent, interrogeant nos bords silencieux,
Dans ces mornes débris chercher la Grèce absente.

     Mais du milieu de ces débris épars,
Ton peuple, glorieuse et vivante ruine,
D'un cri d'indépendance étonnant ses remparts,
Se relève, poussé par une main divine ;
Et, rougissant enfin de sa captivité,
     Se débat indomptable

Contre l'hydre implacable
Du Despotisme épouvanté.

Ce monstre ivre du sang de tes peuples fidèles,
Et secouant la mort de ses pesantes ailes,
Comme un vent orageux sur la Grèce a passé.
Tout périssait flétri par son souffle glacé :
Nos mains aux champs déserts refusaient la culture,
Et le printemps pour nous revenait sans parure.
Tout change à ton aspect; et, dépouillant son deuil,
La nature affranchie a repris son orgueil.

La terre fertilisée
Par un sang victorieux,
A la féconde rosée
Ouvre, long-temps reposée,
Un sol libre et glorieux;
Et de son sein jeune encore,
Dans nos bosquets refleuris,
Demain tu verras éclore
Le laurier que tu chéris.

Mais combien de ces fleurs nouvelles,
Combien de ces lauriers naîtront sous des cyprès!

O femmes de Souli! victimes immortelles [1]!
Vois leurs tombeaux épars. O courage! ô regrets!
O qui célébrera leur mort patriotique,
    Et leurs noms, que la Grèce antique
    Eût consacrés dans ses beaux jours!
Et toi qui dans la tombe emportas mes amours,
Dans ton heureux printemps jeune fleur immolée,
Que n'ai-je pu te suivre, et mêler pour toujours
A tes restes chéris ma cendre consolée!

O Liberté! pardonne, et pleure comme moi :
Les armes à la main elle expira pour toi;
C'est elle qui, s'armant d'une mâle assurance,
Dans nos cœurs abattus releva l'espérance.

Après un long combat, aux bords de l'Achéron,
Nous respirions vainqueurs en proclamant ton nom.
Tout-à-coup, d'ennemis inondant nos campagnes,
Omer nous apparut, au pied de nos montagnes;

---

[1] Voyez, dans l'*Histoire de la régénération de la Grèce*, par
M. Pouqueville (tom. IV, liv. VIII, chap. 1), le récit du dévouement sublime des héroïnes de la Selléide.

De vengeance et de sang ce barbare altéré,
De dix mille Ottomans s'avançait entouré.
Cinq fois moindre en soldats, à leur course rapide
Des enfants de Souli la phalange intrépide
Oppose sa valeur, et l'arrête un moment...
Par le nombre accablés, nous cédons lentement,
Tandis que le soleil abrégeait sa carrière,
Et semblait aux tyrans refuser sa lumière.

La nuit, dans nos remparts apportant la terreur,
Nous ramena glacés d'une muette horreur.
Au-devant des guerriers les femmes accourues,
A leur farouche aspect s'arrêtaient éperdues.
L'épouse avec effroi contemplait son époux,
Et lui montrait son fils (gage autrefois si doux!),
Qui souriait en vain, en bégayant : Mon père...
Lui, détournant ses yeux attachés sur la terre,
Refusait son visage à leurs embrassements,
Et présageait pour eux la mort inévitable,
Mais cette mort horrible, atroce, épouvantable,
Qui lentement arrive après de longs tourments.

Les plus audacieux, dans leur jeune courage,
Se confiaient encore au destin des combats;

Les vieux guerriers entre eux se consultaient tout bas,
Et murmuraient, pleurant de douleur et de rage :
« L'heure approche; demain les bourreaux vont venir;
« A leurs lâches fureurs, à leurs désirs infâmes
« Abandonnerons-nous nos enfants et nos femmes?
« Ah! plutôt prévenons un sinistre avenir!...
« Et tout couverts du sang de ces tendres victimes,
« Allons à nos tyrans faire expier nos crimes! »

Cependant au seul bruit de cet affreux dessein
Les femmes ont frémi : chaque mère tremblante
Cache, en poussant des cris, ses enfants dans son sein.
Dans ce commun désordre une vierge charmante,
Que je suis fier encor de nommer mon amante,
Accourt, et s'élançant au milieu des guerriers :
« Qui de vous donnera l'exemple aux meurtriers?
« Dit-elle; où courez-vous? quel démon vous égare?
« Quoi! vos mains, instruments d'une pitié barbare,
« Auraient pu des bourreaux égaler les fureurs?
« L'effroi n'a-t-il laissé de courage en vos âmes
« Que pour assassiner vos enfants et vos femmes?
« Vous vouliez nous ravir à nos persécuteurs...
« Eh bien! laissez-nous vivre, et donnez-nous des armes;
« Dans l'horreur des tyrans notre cœur affermi

« Ne nous condamne pas à de stériles larmes.

« La mort dans les combats aura pour nous des charmes,

« Et nous mourrons du moins sous un glaive ennemi. »

Elle dit : on s'étonne, on l'admire, on s'empresse ;

Des femmes qui pleuraient elle fait des soldats.

Les guerriers attendris et pressés dans leurs bras

Du même enthousiasme y respirent l'ivresse,

Et le fer, échappé de leur coupable main,

Pour un plus noble usage est relevé soudain.

Tout renaît, tout se plaint de retrouver encore

La nuit qu'on frémissait de voir trop tôt finir :

Il semble qu'avec lui le jour qui va venir

De la victoire aussi ramènera l'aurore...

Il vient ; aux premiers feux dont l'orient se dore

Nous tombons tous, armés, aux pieds de l'Éternel :

L'encens d'un peuple libre est agréable au ciel.

Les Ottomans priaient : leur culte est un outrage ;

Renonce, peuple esclave, à tes vœux impuissants !

Dieu rejette, en courroux, le sacrilége hommage

D'un encens qu'avec lui partagent des tyrans.

Dieu, vouant au trépas cette horde servile,

Pleins d'espoir et d'ardeur nous poussait aux combats ;

Nos vieillards belliqueux se pressaient sur nos pas ;

L'enfant, que sa faiblesse arrêtait dans la ville,
Au milieu de nos rangs trouve un plus sûr asile.
Sa mère le portait; mais, loin de la charger,
Ce fardeau précieux semblait l'encourager.
Ce dévouement nouveau de l'amour maternelle,
Notre marche à la fois terrible et solennelle,
Ce cortége d'enfants, de guerriers, de vieillards,
Et ces femmes sans peur, au milieu des hasards,
Des Musulmans troublés épouvantent l'audace.
Ils semblent un moment s'arrêter incertains;
La stupeur dans leur bouche étouffe la menace;
C'est l'ange de la mort qui les livre en nos mains.
Au fort de la mêlée, à la lueur des flammes,
Calmes à nos côtés apparaissent nos femmes.
Elles veillent sur nous, et leurs bras triomphants
Protègent leurs époux, leurs pères, leurs enfants.
Nos bataillons poudreux s'enivrent de carnage;
Et, comme un vil troupeau qui fuit devant l'orage,
Ces dix mille ennemis, par des femmes vaincus,
Fuyaient tous lâchement, et ne combattaient plus.
Cependant un soldat, dans sa course rapide,
Se détourne; vers moi son mousquet étendu
Bientôt m'allait frapper d'un coup inattendu...
Entre la mort et moi mon amante intrépide

S'élance, et, sur mon sein, par son corps défendu,
Reçoit le plomb fatal qui menaçait ma vie.
Alors d'une voix calme : « Adieu, dit-elle, adieu !
« Je meurs, mais c'est pour toi ; je meurs digne d'envie ;
« Ami, je vais t'attendre entre les bras de Dieu. »
A ces mots, regardant sa céleste demeure
D'un œil plein d'espérance et de sérénité,
Martyre de l'amour et de la liberté,
Elle sourit encore à l'ami qui la pleure,
Se penche sur mon cœur, presse ma main, s'endort ;
Et là repose enfin de la plus douce mort.

Moi, je restai muet, sans force, sans courage,
Et repaissant mes yeux de cette affreuse image.
Le clairon retentit ; sa belliqueuse voix
A mes sens parle en vain pour la première fois :
J'étais seul ; désormais que m'importait la gloire ?
J'entendis sans plaisir les chants de la victoire...
Cependant je voyais s'avancer lentement
Des guerriers pénétrés d'un saint recueillement ;
Ils pleuraient une mère, une sœur, une amante,
Et portaient au tombeau leur dépouille sanglante.
Je consacrai, comme eux, un simple monument.

2.

Depuis ce jour fatal mon cœur n'a plus d'asile ;
Je traînais sans espoir ma jeunesse inutile...
Toi seule, ô Liberté ! toi seule dans ce cœur
Vas rallumer les feux de sa première ardeur ;
L'amour n'est pas plus doux que l'immortelle flamme
Dont tes regards divins ont embrasé mon âme.

Le jeune homme se tait ; puis, cueillant quelques fleurs,
Il offre un don funèbre à la tombe chérie.
A son récit touchant la déesse attendrie
    Partage un moment ses douleurs ;
Sur la cendre héroïque elle verse des pleurs,
Et son cœur étonné des vertus qu'elle inspire
Avec un doux orgueil en secret les admire.
Mais son peuple opprimé l'appelle en d'autres lieux ;
Dressant son vol hardi vers son nouvel empire,
En vapeur lumineuse elle fuit dans les cieux.

DEUXIÈME PARTIE.

DEUXIÈME PARTIE.

Canaris[1].

Exoriare aliquis nostris e cædibus ultor.

VIRGILE.

Voyez-vous ce vieux chêne à demi renversé?
Sur son front dépouillé dix siècles ont passé.
Quand par un long repos la sève rajeunie
Dans son sein qu'elle échauffe a réveillé la vie,
Il regarde, étonné, l'essor audacieux

---

[1] Nous avons emprunté à M. Pouqueville (*Histoire de la régénération de la Grèce*, tom. IV, liv. IX, chap. I) le récit du brillant fait d'armes qui fait le sujet de la pièce suivante. Nous aurions pu choisir, parmi les exploits du héros d'Ipsara, l'une de ses dernières victoires, dont le bruit retentit chaque jour dans toute l'Europe chrétienne; mais nous avons cru devoir la préférence à ses premiers triomphes, déjà consacrés par l'histoire.

Des robustes enfants qu'il pousse vers les cieux.
Ainsi, lorsque le sein de la Grèce féconde
S'ouvre aux rayons divins qui, traversant le monde,
Vont au-delà des mers répandre la clarté,
La terre des héros contemple avec ivresse
Les brillants rejetons qu'enfante sa vieillesse.
Ils ne périront plus, voici la Liberté.

Il est sur les confins de l'antique Phocide
Un mont voisin des cieux, altière pyramide,
Qui consacre à jamais la honte du grand Roi.
Là, parmi des rochers qu'un faible jour éclaire,
L'œil découvre un vallon étroit et solitaire,
Où jamais les tyrans n'ont passé sans effroi.
En le reconnaissant la Liberté s'écrie :
« Salut, monts immortels, impérissable écueil,
« Où Xercès irrité vint briser son orgueil !
« Où trois cents citoyens, mourant pour la patrie,
    « Ont arrêté neuf cent mille soldats.
« Salut, monts immortels, où dort Léonidas !
« Et vous, derniers enfants de leur race guerrière,
    « Rassemblez-vous autour de leur tombeau.
        « J'irai féconder leur poussière,
        « Et rajeunir à mon berceau. »

Elle dit; et, du fond de la vaste Morée
     Aux bords de l'Archipel,
Des peuples belliqueux la valeur conjurée
     Répond à son appel.

Voyez-vous ce guerrier, que la foule environne,
Quitter, impatient, les remparts d'Hermione[1]?
Il porte la victoire empreinte dans ses yeux.
Canaris est son nom; et ce chef magnanime
Conduit trente nochers que son regard anime.
Je ne sais quel penser profond, mystérieux,
Prête à son front modeste une audace inconnue.
Sans doute il a déjà pressenti ta venue,
O Liberté! c'est toi qui souffles dans son sein
Ce trouble inspirateur de quelque grand dessein.

Allez, vaillants nochers, les couronnes sont prêtes;
Et c'est la Liberté qui les offre en ce jour :
Par de nouveaux exploits, par de sanglantes fêtes,
     Signalez son retour.

---

[1] Ville maritime de la Morée. En transportant dans ces parages l'embrasement de la flotte ottomane à Ténédos, nous avons voulu conserver l'unité de lieu.

En vain de l'antique esclavage
La Grèce a vu tomber les fers :
Abattu sur chaque rivage,
Le croissant domine les mers.
Ses vaisseaux en rois s'y promènent,
Les vents conjurés nous ramènent
La vengeance et les oppresseurs;
Leur flotte revient, menaçante,
De la liberté renaissante
Nous faire expier les douceurs.

O mer si féconde en ruine,
Eternel effroi des tyrans,
Ressouviens-toi de Salamine;
Rouvre tes gouffres dévorants!
En vain, enchaînant tes deux rives,
Xercès à tes ondes captives
Impose ses mille vaisseaux;
Sur une barque solitaire
Tu vis fuir ce roi téméraire
Dont l'orgueil flagella tes eaux.

Tyrans, du sort qui vous menace
Voilà les retours imprévus!

Réprimez une aveugle audace;
Tremblez, Canaris vous a vus.
D'un œil perçant il vous dévore,
Il vous compte; il a soif encore
D'un sang qui produit des lauriers.
Ainsi, dans sa cruelle joie,
L'aigle, prêt à saisir sa proie,
Etend ses ongles meurtriers.

A sa voix l'agile nacelle,
De la mort perfide instrument,
Du volcan que son flanc recèle
A reçu l'obscur aliment.
Les nochers ont quitté la rive,
Et comme eux la foule attentive
Retient ses joyeuses clameurs;
Tout se tait : le pilote habile
Voit blanchir la plaine mobile
Sous le double effort des rameurs.

Allez, vaillants nochers, les couronnes sont prêtes;
Et c'est la Liberté qui les offre en ce jour.
Par de nouveaux exploits, par de sanglantes fêtes,
        Signalez son retour.

Cachant dans la nuit tutélaire
L'audace de ses mouvements,
Déjà la flottille légère
Vogue au milieu des Musulmans.
L'invisible ennemi s'élance;
Il s'apprête, il cherche en silence
Le chef altier de leurs vaisseaux.
Soudain, troublant la nuit profonde,
Signal de terreur, l'airain gronde,
Et mugit trois fois sur les eaux.

Le Musulman s'arme et murmure,
Surpris dans son premier sommeil....
Encore un moment, race impure,
Et tu dormiras sans réveil !
Canaris s'approche intrépide ;
Au sillon de feu qui le guide
Il a reconnu les chemins :
« Amis, leur signal nous appelle,
« Leur chef imprudent se décèle ;
« Il se livre, il est dans nos mains ! »

Il dit, et sa troupe enhardie
Lui répond par des cris joyeux.

La nef qui porte l'incendie
S'attache au colosse orgueilleux.
Mais la flamme est encor trop lente :
Canaris, de sa main brûlante
Lance des débris embrasés ;
Forçant la douleur à se taire ,
La vertu de son âme austère
Commande à ses sens maîtrisés.

Poursuis, jeune héros, les couronnes sont prêtes ;
Et c'est la Liberté qui les donne en ce jour :
Par de nouveaux exploits, par de sanglantes fêtes,
     Signale son retour.

Le roi des mers hyperborées,
Géant dans sa force affermi,
Craint les attaques assurées
D'un obscur et faible ennemi.
Caché sous ses flancs qu'il déchire ,
L'espadon belliqueux expire
Epuisé par un long effort ;
Tandis que sous l'onde sanglante
La baleine emporte , expirante ,
Le trait qui lui donne la mort.

Tel , fuyant sa perte prochaine,
Le vaisseau que l'esquif poursuit
Lutte en vain pour briser la chaîne
Du brasier flottant qui le suit.
Pénétrant sa masse profonde,
La flamme , qui dormait sous l'onde,
Jaillit, éclate en murmurant.
Vainqueur des eaux, le feu s'allume ;
En flots de soufre et de bitume
Il roule , et croît en dévorant.

Bientôt sa première victime
Ne suffit plus à sa fureur;
L'étincelle, errant sur l'abîme ,
Vole et promène la terreur.
L'incendie aux ailes rapides
Presse de tourbillons avides
Deux vaisseaux soudain allumés;
Il les embrasse, il les domine ,
Et, fier d'une triple ruine,
Monte vers les cieux enflammés.

Toi dont la superbe espérance
Enchaînait la mer sous ta loi ,

Sur quoi fondais-tu ta puissance?
Tyran, regarde autour de toi;
Vois fuir ta flotte dispersée :
Elle devait, dans ta pensée,
Relever tes honneurs flétris;
Roi déchu de ton rang suprême,
Tu n'es plus qu'un débris toi-même,
Commandant à d'autres débris.

Gloire au jeune vainqueur! ses couronnes sont prêtes;
Et c'est la Liberté qui les donne en ce jour.
Peuples reconnaissants, par de brillantes fêtes
Signalez son retour.

D'où vient la clarté passagère
Qui jaillit au milieu des airs?
Quel fracas, rival du tonnerre,
Retentit jusqu'au sein des mers?
La foudre, un moment contenue,
Brise la voûte, et dans la nue
Lance le vaisseau déchiré;
En éclats fumants il retombe,
La mer ouvre une vaste tombe,
Et l'abîme a tout dévoré.

Cependant la troupe héroïque
Vers la rive vogue en chantant,
Et son hymne patriotique
L'annonce au peuple qui l'attend.
Éole, en leur prison lointaine,
Retient les autans, qu'il enchaîne
Près des orages destructeurs;
Le flot mollement se balance,
Et la mer sourit en silence
A ses vaillants libérateurs.

O chef, honneur de ta patrie,
Poursuis tes généreux travaux,
Poursuis; ta féconde industrie
Nous doit des prodiges nouveaux.
Au fond de ton cœur magnanime
Cache bien ton secret sublime,
Si fatal à nos oppresseurs...
Que dis-je? inutile prudence!
L'amour seul de l'indépendance
Peut l'apprendre à ses défenseurs [1].

---

[1] *Quel moyen employez-vous donc pour réussir dans des en-treprises si hardies?* disait un capitaine anglais à Canaris. —

Reviens, jeune héros, les couronnes sont prêtes ;
Et c'est la Liberté qui les donne en ce jour :
Peuples reconnaissants, par de brillantes fêtes,
        Signalez son retour !

Vieillards, d'un jour si beau conservez la mémoire :
        Vous, aux clairons de la victoire,
        Femmes, unissez vos chansons ;
Et vous, jeune espérance à nos tyrans fatale,
Enfants, semez de fleurs la route triomphale,
Et venez vous instruire à ces grandes leçons.

Le voilà, ce vainqueur dont la Grèce s'honore ;
Deux fois les Musulmans ont péri dans ses feux.
        Le voilà: sa main fume encore,
Et porte les drapeaux qu'il a conquis sur eux.
Sa troupe avec orgueil le montre et l'environne ;
La Liberté se mêle au cortége guerrier,
S'approche du héros, l'admire et le couronne
        Du civique laurier.

Pour préparer nos brûlots, répondit le brave marin, *nous em-
ployons votre méthode ; pour les faire réussir nous avons un secret
que nous tenons caché ici* (montrant son cœur) : *c'est l'amour
de l'indépendance qui nous a appris ce secret.*

Puis captivant les cœurs, heureux de sa présence,
Debout sur un rocher qui domine les flots,
A son peuple fidèle elle parle en ces mots,
Et sa voix retentit jusqu'aux murs de Byzance :

« O vous! de mes affronts intrépides vengeurs,
Long-temps sur mon vaisseau menacés du naufrage,
    Nous touchons enfin le rivage
Où l'olivier naîtra du sang des oppresseurs.
Quel brillant avenir à mes yeux se révèle!
Au rang des nations mon peuple est remonté ;
Et l'équitable voix de la postérité
Unit la Grèce antique et la Grèce nouvelle
    Dans la même immortalité.
Dans leurs murs repeuplés consacrant mes images,
De mes guerriers vainqueurs les fils reconnaissants
    Vont m'offrir les premiers hommages
    Des arts à ma voix renaissants.

» Oui, de la liberté le rude apprentissage
    Pour vous est peut-être un passage
Au siècle inespéré d'un autre Périclès.
Peuples régénérés par un long esclavage,
Grands dans l'adversité, soyez grands dans la paix.

Laissez à l'Occident cette coutume antique,
Ce besoin consacré du pouvoir monarchique :
Mais vous, hommes nouveaux, mes soutiens, mes enfants,
Même au prix du repos, restez indépendants.
D'un perfide étranger repoussez la tutelle !
Faites régner sur vous la sagesse, et les lois
        De ma sœur immortelle,
L'austère Égalité, qui, pesant tous les droits,
Du dernier citoyen garantit la fortune,
        Et dont le nom seul importune
L'esclave enchaîné d'or qui rampe aux pieds des rois.

» Si jamais parmi vous il existait un traître,
Qui n'aurait combattu que pour changer de maître,
        Par un déshonneur éternel
        Flétrissez le nom du perfide;
        Qu'il soit, comme le fratricide,
        Rejeté du sein maternel;
Qu'exilé sans retour d'une terre ennemie,
Il traîne au sein des cours sa vénale infamie !
L'air de la Liberté pour l'esclave est mortel.

» Que dis-je? pardonnez! ce soupçon vous outrage;
Tous, vous accomplirez votre sublime ouvrage.

                        3.

En vain, presque étouffé dans mes bras triomphants,
  Le Despotisme, avec des cris de rage,
Appelle autour de lui ses sauvages enfants.

» Sa voix a rassemblé leurs peuplades serviles ;
Je vois rouler vers nous ces torrents ennemis
D'esclaves déchaînés que l'Asie a vomis.
Ils ont pris le chemin qui mène aux Thermopyles...
    Ils y trouveront nos soldats ;
    Et déjà leur troupe vaillante
    Prépare une offrande sanglante
    Aux mânes de Léonidas.

» Cependant, descendu des montagnes lointaines,
    L'hiver, couronné de frimas,
    Vient les secouer sur vos plaines,
    Et fermer le champ des combats.
Peuples, pour un moment oubliez les alarmes,
Aux portiques sacrés suspendez vos drapeaux,
    Et, prêts à ressaisir vos armes,
    Reposez-vous... en creusant des tombeaux. »

TROISIÈME PARTIE.

TROISIÈME PARTIE.

Les regrets du Brave [1].

. . . . « Le destin des combats
» *Lui* devait, après tant de gloire,
. . . .
» Le bonheur de mourir dans un jour de victoire. »
Première Messénienne.

Poursuis ta course triomphale,
O guerrier, d'Ipsara le vengeur et l'orgueil.

---

[1] Le capitaine Canaris, après avoir incendié deux fois la flotte ottomane, fut atteint d'une maladie longue et cruelle, qui le conduisit à deux doigts du tombeau; pendant son délire, il demandait sans cesse qu'on l'embarquât sur un esquif, afin qu'il pût encore brûler quelque vaisseau ennemi. Les vœux du brave marin n'ont point été déçus; il est aujourd'hui plein d'audace et de vie, à bord de la flotte grecque, où il a déjà renouvelé les prodiges de Chios et de Ténédos.

Guide vers Ténédos, aux Musulmans fatale,
Ta nef, de leurs vaisseaux inévitable écueil.
Dans leur subit effroi présageant ta venue,
Ils croyaient par la fuite échapper à tes feux,
     Quand soudain ta voile connue
Sur la vague orageuse apparaît devant eux.
Leur nombre désormais ne peut plus les défendre,
Leur chef s'entoure en vain de ses pâles nochers ;
Dans le gouffre avec eux la flotte va descendre,
Et ses débris fumants couvriront les rochers.

Ainsi lorsque, frappé d'une terreur soudaine,
L'Arabe voyageur voit fondre sur la plaine
Le sémoun [1], du désert affreux dominateur,
Il se presse, il veut fuir le souffle destructeur :
Mais l'avide ouragan s'attache à sa victime,
La saisit au milieu de tourbillons brûlants,
Et sous un mont de sable entr'ouvrant un abîme,
Le referme à grand bruit sur ses restes sanglants.

---

[1] Vent brûlant et pestilentiel, qui souffle dans les déserts
d'Afrique et d'Arabie.

Poursuis ta course triomphale,
O guerrier, d'Ipsara le vengeur et l'orgueil.
Guide vers Ténédos, aux Musulmans fatale,
Ta nef, de leurs vaisseaux inévitable écueil...

Mais que vois-je?... pourquoi cet appareil de deuil?
Pourquoi ce drapeau noir que la poupe balance?
    Et pourquoi le morne silence
    De ces guerriers préparant un cercueil?

Guerriers, qu'avez-vous fait du plus grand de vos frères?
Je vois sa place vide, au tillac attristé.
Allumez-vous pour lui ces torches funéraires?
Dans les rangs ennemis le brave est-il resté?...

Mais non, ce beau trépas qui surprend la victoire
    N'a point encor mis le sceau de la gloire
Sur son front belliqueux, d'honneur environné,
Que la palme civique a deux fois couronné.
En vain sous ses drapeaux la Liberté l'appelle;
En vain à son pays son courage est fidèle;
Sur un lit de douleur il languit enchaîné.

O mort ! dernier sommeil d'une âme généreuse,
    Combien ton approche est affreuse,
Lorsque d'un mal rongeur le brave tourmenté
Te voit dans ton horreur et dans ta nudité !
Mais quand son corps glacé succombe à ton empire,
Son courage affranchi se dérobe à tes lois,
    Et la Liberté qui l'inspire
    Le transporte, dans son délire,
    Aux lieux témoins de ses exploits.

    Pour éteindre sa fièvre avide,
Il ne veut point, penché vers une onde limpide,
S'asseoir dans les forêts, au bord des clairs ruisseaux :
Il a soif des combats ; il rêve l'incendie ;
    Des oppresseurs de sa patrie,
Vers l'horizon lointain il a vu les vaisseaux.
Il s'écrie!... il s'agite... et sur la mer absente
Il embrase, en espoir, la flotte menaçante...

Mais enfin, épuisé par ce dernier effort,
Du trépas qui s'avance il croit sentir l'atteinte,
    Il gémit, et sa voix éteinte
    Laisse échapper un chant de mort.

« Devant la jeunesse guerrière
De nouveaux dangers vont s'offrir;
Et seul banni de la carrière,
Loin des combats je vais mourir.
Voici l'heure : adieu, ma patrie;
Je vois ton image chérie
Me sourire au bord du tombeau.
Et toi, Liberté que j'adore,
Tu viens de ma dernière aurore
Ranimer le pâle flambeau.

» Amis! d'un vain effroi je ne suis point esclave;
Le trépas sans honneur est le seul que je crains...
Qu'un esquif embrasé soit le bûcher du brave,
Qu'il meure au sein des feux allumés par ses mains!

» Allons, amis, séchez vos larmes :
Le mal ne m'a point abattu,
Et le seul aspect de mes armes
Me rend ma force et ma vertu.
Lancez-moi sur la nef agile;
Là du moins mon trépas utile
Par la gloire sera compté;
Il sera beau comme ma vie,

Que j'offrirai, digne d'envie,
Sur l'autel de la Liberté.

» Aux faibles clartés des étoiles,
Voyez-vous ces vaisseaux errants?
Ne tardons plus : dressez les voiles;
Courage, amis! guerre aux tyrans!
Ils ont reconnu ma bannière
Et la foudroyante lumière
Dont ma torche a frappé leurs yeux.
Un cercle de feu m'environne,
Et mon front mourant se couronne
De ses rayons victorieux.

» Attendrez-vous que je succombe?
Cruels, rendez-moi mon vaisseau.
Que je trouve au moins une tombe
Dans la mer qui fut mon berceau!
Partons! que la nef élancée
Porte ma dépouille glacée
Au milieu de nos oppresseurs!
Que la flamme aussitôt s'allume,
Et qu'un même brasier consume
Leur flotte et mes restes vainqueurs!

» Partons ! d'un vain effroi je ne suis point esclave ;
Le trépas sans honneur est le seul que je crains...
Qu'un esquif embrasé soit le bûcher du brave,
Qu'il meure au sein des feux allumés par ses mains ! »

Le navarque se tut : vers le bord de sa couche
Son front pâle et glacé retomba lentement,
Et sur ses yeux éteints, sur sa livide bouche
Le sommeil de la mort descendit un moment...
Du moins vous exaucez sa belliqueuse envie,
Compagnons du héros ; vos soins religieux
Gardent le frêle espoir d'une si belle vie :
Une barque a reçu ce dépôt glorieux.

Elle part, sur la foi d'un calme tutélaire.
Des vents légers du soir les souffles caressants
Et du golfe embaumé la fraîcheur salutaire
Du guerrier qui mourait ont réveillé les sens.
Il aspire à longs traits ces fécondes haleines,
Un sang pur et nouveau se répand dans ses veines.
Il revoit son esquif ; immobile, attendri,
Il baisse un front pieux sous son drapeau chéri ;
    Et comme le fils de la Terre
    Se relevait, ranimé par sa mère,

Quand ses pieds touchaient son berceau,
Tel, aux regards surpris des nochers qu'il embrasse,
Leur chef a retrouvé sa force et son audace
    En remontant sur son vaisseau.

Guerriers, ce jour vous rend le plus grand de vos frères;
A vos derniers revers il promet un vengeur...
Mais que font dans vos mains ces torches funéraires?
Contre vos ennemis tournez leur feu vainqueur.
Et toi, reprends enfin ta course triomphale,
O guerrier, d'Ipsara le vengeur et l'orgueil.
Guide vers Ténédos, aux Musulmans fatale,
Ta nef, de leurs vaisseaux inévitable écueil.

www.ingramcontent.com/pod-product-compliance
Lightning Source LLC
LaVergne TN
LVHW010431060726
842526LV00005B/1727